サキクサ叢書第一二四篇

歌集

阿夫利の麓に

小島きみ子

現代短歌社

序

大塚布見子

著者、小島きみ子さんは、「サキクサ」では夙に聞こえた相模野の三姉妹といわれる姉妹の末っ子である。因みに支部は海老名支部。上の姉上、佐藤美世子氏は、既に第一歌集『父の牡丹』（短歌新聞社刊）をもう何年か前に上梓されている。次の姉上は、川上カネ子氏で、三姉妹のなかでは最も遅れて歌を始められたと思う。

三姉妹、それぞれ、自由に即かず離れず、啓発しあって仲良く歌を詠んでおられる。その姿が美しいので、「サキクサ」の同人達も何か華やいだ気持で、親近感を持って見守っているようである。

本人は自覚していないかも知れないが、小島さんの歌は、どこか大らかで屈託がなく、末っ子的な、人に愛される雰囲気を持っているように思われる。

この一巻には、平成九年より平成二十六年までの十七年間の作品が収められていて、ほぼ作者の人生に於ける充実期の作品と言ってよいだろう。

旅が好きで旅の歌も多いが、何より作者にとっては日々身近に仰ぐ山、阿夫利の嶺が意識するしないにかかわらず精神の拠り所となっていることは確かであろう。

任意に阿夫利嶺を詠んだ作品をあげてみる。

阿夫利嶺《あふりね》は紫色にけぶりをり寒き夜雨の上がりたる朝
いづくゆも仰ぎて変らぬ山影の阿夫利の嶺は見守り呉るるとも
里山の辺《ほとり》もとほり阿夫利嶺を見放くるが夫との散歩の習ひ
朝霧のかかりて阿夫利嶺見えざれどいざ頂を目差し登らな
梨の花しろしろ畑に光《て》りながら阿夫利の山は雨雲被ふ

阿夫利嶺とは、俗に大山とも言い、山頂に大山祇大神《おおやまつみのおおかみ》、ほか二神を祀り、海人たちの守り神であるが、その頂きに霧や雲が立ちこめると間なく雨が降り出すということから、一名雨降山ともいわれる。また、日照りの続いた時には雨乞いをする山でもある。

このように代々土地人と共にあり親しまれてきた阿夫利の山は、小島さんにとっても日々に仰ぎ、見守ってくれる有難いお山ではある。

先ずその日常詠をあげてみよう。

家に飼ふ鈴虫鳴き止み昼すぎてしんと静けし昨日も今日も
寝《い》ねんとて二階に上がりし夫すぐに降り来て告ぐる月の宜しと
明け早き水無月ついたち里山ゆはつかに聞こえ来ほととぎすの声
暑き日の夕片まけて水撒きを始めし夫か口笛聞こゆ
里山の公園高きに向き合へる阿夫利の嶺を夫は好みき
夕さりを長く啼きゐる雀子どち晴るるを嬉しむのだらうと夫は

こうした日常詠の中にさりげなく御主人の優しい人間像が詠まれていて読者

の胸にほのぼのとしたものを抱かせる。同時に、作者のしあわせな家庭生活も偲ばれるのである。が、悲しいかな、その御主人との永久の別れが意外に早く訪れるのであった。

脚力の萎えたる夫の声細く吾を呼ぶなりお母さんと呼ぶ
氈鹿《かもしか》の如しと誇りゐし夫の脛骨の尖りて刃物のやうなる
もはや水飲めずなれりと夫は言ひ両手を胸に合はすなりけり
夫の背に寄りてい泣けば夫の言ふしつかり生きろよ亦逢はむとぞ
言の葉の叶はぬか夫は吾が右手思はぬ強き力に握れり

御主人との終《つい》の別れの歌である。作者が華甲を迎えた時、

わがいのち華甲をむかへ万年筆夫の賜へり大切にせむ

と詠んだ御主人のプレゼント、万年筆は形見となった。形見といえば形見はこの万年筆のみではない。沢山の思い出もしかり。その思い出を胸に阿夫利の山と語らいながらこれからも生ある限り歌を詠んでほしい。今は、

咲き匂ふ山のさくらを昨日けふ朝な夕なに眺めて暮らす

の静かな心境にある小島さんである。これからも旅を楽しんでほしいが、その旅の嘱目詠で目にとまった一首をあげてみたい。

十重《とへ》二十重《はたへ》囲める山のそのうしろ雪を被ける遠嶺の覗く

これは「高遠詠」の中の一首であるが、初句の「十重二十重」の既成語が的

確に使われ、かえって新鮮に思われるのは、山国の景の写生に適っているからであろう。風景の遠近の把握が妙を得ているのである。

第一歌集の上梓を慶び、これからも阿夫利の麓に歌を詠みつがれよき人生を送られんことを願って筆を擱く。

平成二十八年九月　萩の花咲く日に

目次

序　大塚布見子

風の章

紀の国　一二
日光黄菅抄　一六
秋立ちて　一九
砂漠の風　黄土大地　二一
房総二月　二五
高遠春愁　二六

弥生うつろひ　二八
無常山浄発願寺　三〇
合掌造りの里　三二
姉上の歌集　三五
津山吟行　三六
姑上との別れ　三七
馬追虫　三九
日向の里　四二
ひたに青き海　四五
明日香　泊瀬　四九
雅春大人を悼みて　五二
鳴子こけし　五四
平城抄　五五

薩摩路　五八
箱根の姫沙羅　六〇
突と身罷る　六一
文字美しき　吉田卯女代様を悼む　六二
八重山の島　六三
阿蘇五岳　六六
和歌の浦　六九
草の家　栐蔭山房　七一
華甲むかふる　七四
阿夫利嶺晩秋　七五
柚子漬と搗きたて餅　七八
利尻の島に　八〇
吉野山追想　八二

杉山の大山桜 八三
樹海にて 八四
佐渡へ 八六
雪の貝掛温泉 八八
東寺のみ仏 九〇
京都賀茂川 九二
『大塚布見子選集』十三巻御上梓を祝ぐ 九六
日向薬師 九七
帰るさを 九九
弥生の月光 一〇二
庭の牡丹 一〇三
文月難波にて 一〇四
子の婚 一〇六

義兄上逝き給ふ　一〇八

祈りの章

古都早春　一一三
頂きへ　一一六
須磨にて　一一九
オアフ島　一二二
雪　一二四
富貴寺阿弥陀堂　一二六
函館　小樽　札幌　一二八
雉子　一三〇
恐竜展へ　一三二
長月子規庵　一三四

八雲立つ　一三六
ふたつ峰　一三八
竿燈　一四一
ねぶた祭り　一四二
空ま青なり　サキクサ創刊三十周年　一四四
漆黒のみ仏　一四六
木豇豆咲きゐて　一四八
サモア島　一五三
フィジー島　一五四
えごの白花　一五五
ほととぎす啼く　一五六
命二つを　一五八
本門寺に詣づ　一六〇

みどりご二人　一六二
青海広ごる　一六四
天の橋立　一六六
地震ありて　一六九
平穏　一七〇
小春日鎌倉　一七二
芸術花火　一七五
子らを訪ふ　一七八
坂東太郎と　一八〇
合歓咲きて　一八三
明け方を　一八六
水湧く池　一八八
多賀城址にて　一九〇

松島　一九二
白梅　一九六
桜咲きて　一九八
梨の花　二〇一
惜別　二〇三
盆会　二〇八
美ヶ原王ヶ頭にて　二一一
い鳴く鳥　二一四

あとがき　二一七

阿夫利の麓に

風の章

紀の国

平成九年

青澄める熊野の海を渡り来て潮の匂ひを心地よく受く

ま向へる山の高きゆひたすらに音たて落つる那智の滝はも

ま向ひて仰ぎし白き那智の滝去り来つつまたも振り返り見る

海よりは渡り来る風に葉と共に常揺れてをり海紅豆の花

海の辺に語らひにつつ媼らの石拾ふとや石売りをりて

空ひろき潮岬や幾筋の白雲長く伸び広ごれり
空青く山また青く海青し紀の国永久にかくは
あれかし
山なだり取り入れ終りし梅の木かいや濃緑に
こんもりとして

日光黄菅抄

日光黄菅咲くを嬉しみ歩む時向つ嶺よりくわくこうの声
霧ヶ峰高原

信濃なるこの草山にいにしへゆ咲き継ぎ来しか日光黄菅は

日光黄菅咲く野にひそみ遠くまた近く啼きゐる幾つうぐひす

日光黄菅咲く山ゆ見き藍の濃き八ヶ岳の山藍淡き富士

日光黄菅咲く山ゆ見る湿原の沼の水面はきらきら光れる

湿原の水の清らさいにしへの諏訪の大社の神
事の跡所

諏訪上社前宮本宮諏訪下社春宮秋宮すがすが
廻る

里川のほとりに逢へる神官の袖吹き返す信濃
秋風

諏訪大社それの御紋の梶の葉の芽吹きは遅く
水無月頃とぞ

秋立ちて

松の葉の勢ひよろし去年の秋義兄上枝ぶり整
へ給へば

雨脚の止むや止まずや束の間を去年聞かざり
しかなかなの声

秋立ちて先づ聞こゆるは鉦叩き鳴くともあら
ぬこの虫の声

ああと言ふほどの間か星ひとつオリオン星座
を過《よぎ》りて消えぬ

砂漠の風　黄土大地

三日月の形はしけやし青澄みて風のさ走る砂漠の泉は
月牙泉

砂嵐突と吹き来て人皆の背なを見せつつ止むを待ちゐる

自らの影をうすらに引きにつつ細かき砂粒風
に動くも

鳴沙山橇にゆうるり滑りつつはるばる来たる
旅を思へり

わが行方見届けくれゐしや箱の橇押し呉れし
若者遠くゆ手を振る

はつはつの麦の緑よいにしへの都へ続く黄土大地に

この土と水とを合はせ日に干しし煉瓦につくれるこの国の家

『大地』とふ小説読みき纏足のことはも今に忘れ難かる

長城の人夫に出でし夫を恋ふ物語をし車内に
聞きつつ

露天掘りせる石炭を積みて行くここ中国の大
き車よ

この青き空も映さず渭河はも濁りに濁り流れ
行くなり

房総二月

平成十年

晒地の刺子の帽を被りたる媼と語らふ千樫の里に

幾本の丸太の棒の支へあり左千夫生家の古きを守り

砂の土畝高く盛り葱の並む左千夫生家のほとりの畑

遠浅の九十九里浜濡れ砂をつつつと駆けり飛び立つ千鳥

高遠春愁

春の雨降りみ降らずみ濁り水《み》に桜花びらあまた浮かぶも

舞ひ舞へる桜花びら山裾の高遠の町の空の高きを

わが町の石の匠の人々の父祖の地と聞くここ高遠は

涼しかる地を好むとふ花豆やま白き豆の大き
が売らるる

十重二十重囲める山のそのうしろ雪を被ける
遠嶺の覗く

弥生うつろひ

うぐひすのよく啼く朝け夫と子とともに聴き
ゐる夢より覚めぬ

暖かき雨の降りつつ桜木のあまたの蕾に光る
露玉

土埃落す仕草にいくそたび松の落葉を銜ふる
雀は

裏山に啼き啼きてゐる鶯の谷わたる声けふ長長し

無常山浄発願寺

水引草はつかに花芽の付く見つつ細細つづく山道を行く

山深きみ寺の跡なれ幾たびの山の津波に遭ひしと聞けり

逃ぐる間のありやあらずやこの山に土石と水の襲ひ来つれば

首《かうべ》なき地蔵にあはれ角とれしまろやけき石戴せてありしよ

鐘楼の跡なる所はきはだちて見晴らしの良き
小高きところ

真緑のやはらかき葉を漏るる日の光を受けて
い湧く水汲む

合掌造りの里

おのづから曲がりたる木を梁となす合掌造り
の家は揺るがず

三十と五人の住みしとふ合掌造りの家にし今
は三人の住む

冬籠りの支度ならむや新藁に家の周りを囲み
初めをり

衣被く小さき芋と稗飯を合掌造りの家にいただく

姉上の歌集

平成十一年

言の葉の分かず幼く身罷りし姪の敦子の顔を忘れず

みどり児へのあまたの挽歌姉上の少女《をとめ》の吾れに見せましし日よ

津山吟行

誰がつけし床しき名なる美作《みまさか》の芽吹き初めたる里見つつ行く

紅白の和紙に桜の切り抜かれ千本桜とふ銘菓置かれあり

耳のある紺色深き大壺に三椏の花あふるるばかり

姑上との別れ

百歳に三歳足らず姑《はは》上は春の彼岸に身罷り給ふ

永らへて命尽きにし姑上の御顔は勁き意志あるごとく

姑上と母に賜ひし法名の同じき一字妙をやさしむ

会席の膳に桜の花そふを招きし姑上めでくれましき

馬追虫

雨あとに突と鳴き出でし馬追虫《うまおひ》の休まず鳴くを一人聴きゐる

秋立ちて先づ鳴き初めし馬追虫の三日鳴きしが四日は聞かず

口笛を吹きつつ掃除なし呉るる夫有難し吾れ
病める時

つれづれにその花賞でにしオクラの実刻むに
五角の愛《めぐ》しき形

何やらを売りに来し人干す梅をあな佳き色と
言ひて帰れり

越しゆきて半年経しか隣家に住みゐし幼と語りゐる夢

家に飼ふ鈴虫鳴き止み昼すぎてしんと静けし昨日も今日も

夫が今剳《さく》れる畝に錆色の小さき大根の種埋めゆく

日向の里

曼珠沙華のあまたむれ咲く明るさに思はず声あぐ山里に来て

曼珠沙華の咲く畦道の小板橋わたるは楽し幼めきつつ

せせらぎの流れゆく音しみらにも曼珠沙華咲く
くほとりに聞きぬ

あしひきの青き山山に抱かるる日向《ひなた》の里に曼
珠沙華赤し

大姫の病癒えよと政子はも日向薬師に二度来
ましきと

あまさかる日向の里の日《ひ》陰《かげ》道《みち》何がな惹かるる
細き古道

滾つ瀬の響きよろしも葛の葉の繁りてあれば
水の見えざる

冬温く夏はすずしきまほろばの日向の里に鳴
くつくつくし

ひたに青き海

山一つ聳ゆる伊《い》江《え》島《じま》わたなかに帽子一つの浮かべる如し

わたつみのここだく青き沖縄に外つ国の兵の攻めきし時はも

青澄める海のめぐれる島の基地に米軍用機飛ぶは悲しゑ

エイサーとふ盆踊りなり抱へたる太鼓打ち打ち身を翻す

赤き太鼓抱へ跳ねとぶエイサーの黒衣に映る紫の襷

跳ね躍るエイサー太鼓を引き立つる歌に三線《さんしん》銅鑼に指笛

客人《まれびと》を持て成しましし琉球の舞ひの衣のはんなりとして

きびきびと踊れる人の目差しの清々として目《ま》見《み》の匂へる

つぶらなるか黒の眼《まなこ》一たびのまばたきも無し琉球の舞ひ

腰低く落せるままに時かけて舞ひ舞ひ納む琉球の舞ひ

冊封使踊奉行と琉球の来し方伝ふる言の葉厳《いか》し

明日香　泊瀬

平成十二年

甘檮の丘に向ひて飛びゆきし入鹿の首の今もあるかに

首塚

飛ぶ鳥の明日香に売らるる蜜柑はも実の房小さく種の幾つか

行く水の瀬音さやけし行きゆきて山のほとり
の玉藻橋わたる

なにがなし二上山はまがなしき空に紛れぬ淡
き花色

隠国《こもりく》の泊瀬《はつせ》の谷に淡雪の消えては降りて降り
ては消ゆる

隠国の泊瀬のみ寺石段《いしきだ》の踏みたはやすくゆるらに続く

小雪舞ふ夕べのみ寺に御百度を踏む人尊しひたすらなれる

夕さりのみ寺の舞台に聞こえくる道行く人の足音《あおと》の響き

そらにみつ大和の山を昨日《きのふ》けふ幾たび見放け見さけ飽かざる

ほとほとと傘をあふりて舞へる雪三輪の山辺の風の寒さよ

雅春大人を悼みて

眼鏡なく辞書の小文字の読めるとふを卯月朔日羨しびたるに

車椅子にいましますときなにがなし愁ひ見ゆれどおほどかにあり

山桃の小さき青実をとみかうみ見給ひゐたりし大人思ふかな

大人思へば戦《いくさ》に征かれし若き日の八年の日々
惜しくもあるかな

鳴子こけし

陸奥《みちのく》の鳴子のこけしの小さき口眉引目見の涼
しかりけり

平城抄

大いなる朱雀の門を絶えまなく涼しき風の通り抜け行く

新しき朱雀の門の目の前を列車は音たて過ぎ行けるなり

天平の彩《いろど》り思はせ剝落の阿修羅に辰《しん》砂の色の
残れる

眉引をひそめ給へる阿修羅王怒りたまふや悲
しみたまふや

長長しき腕《かひな》細きにみ手み足小さかりけり阿修
羅の王は

たなごころを捧げ肘曲げ給ふあり三面六臂の
阿修羅立像

み胸前たなごころ合はせ阿修羅はも幾年月を
立ちておはすか

み仏の八部衆なる阿修羅像稚《わか》く生き生きとつ
くりし仏師

薩摩路

かたかたと音の聞こえて海際を乗る人まばら
の列車の走る

北斎の不二にかも似て頂きの細く鋭し薩摩の
富士は

限りなく薩摩芋畑つづく野に開聞《かいもん》岳はすつくと立てり

村雨の降りみふらずみ桜島の頂きひねもす雲の中なる

箱根の姫沙羅

み社のそがひの杜に姫沙羅の幹太太と並み立ちてあり

朱の色ふふみ明るき姫沙羅の木立濡らして時雨の雨降る

突と身罷る

平成十三年

さよならを誰に告げしや故郷にいます叔母上
突と身罷る

一人子のわが従兄弟抱く叔母上の写し絵あり
しを今に忘れ得ず

叔母上の文へにありしか戦地なる叔父上より
の彼の玉梓は

文字美しき　吉田卯女代様を悼む

歌会の詠草書きてコピー為しそを持ち来給へ
り雨の日風の日

恥ぢらひを秘むる目差し真心のこもれる低き
み声にありき

八重山の島

土赤き石垣島のそこここにハイビスカスのま
赤き花咲く

夕影の移ろひにつつ薔薇色の波たゆたへり遠浅の海

ま白なる珊瑚の真砂《まなご》敷く道の幾筋まぶし竹富の島

民謡に歌ふ少女の生れし家うなかぶし咲く花のま赤き

亡き骸を星の砂とぞ言ふ虫の珊瑚の砂の中に
混じりて

海の橋渡り行きつつ波の来て身をひるがへす
亀に会へるも

紅樹《ひるぎ》生ふる西表《いりおもて》島なる仲間川くねりくねりて
海に流るる

美原《よしはら》と言へる干潟を由布島《ゆふじま》へ牛の車に揺られ
つつ行く

わが乗れる車引き来し水牛の風呂に入るかに
池に沈むも

阿蘇五岳

小夜ふけて蛙《かはづ》ころ鳴く肥の国の外輪山に囲まるる町

山容の起伏ゆたけき阿蘇の岳涅槃《ねはん》の像か淡あは浮かぶ

遠浮かぶ阿蘇の五岳のいつしらにその藍の色深み来にけり

肥の国の阿蘇草千里さ緑の山また山の遥かなるかな

頂きに天の逆鉾立つ御山みやま霧島たけ低く咲く

細雨《ささ》の止むとしもなく紫の深《み》山霧島けぶらひにつつ

樟《くす》の木の木立を風の渡りつつ山ほととぎす間を置きて啼く

和歌の浦

初秋の和歌の浦はも鯛を釣る船の幾艘白波のなか

楠の葉のさやぎの中に熊蟬の声さはなりき紀
の三井寺は

紀三井寺に見る和歌の浦しら波の輝くばかり
秋日のつよし

和歌の浦片男波《かたをなみ》をし右手《めて》に過ぎ和歌にゆかり
の玉津島神社

よき香り放つ桃の実携へて紀の国粉河《こがは》をたちて来にけり

草の家　柹蔭山房

訪ね来し柹蔭山房のみ庭より師の涼やけきみ声聞こえ来

人ひとり歩める程の畑の道み墓につづく白しろとして
大きさの等しきみ墓山陰にふたつ並べり湖にむく
秋蟬の頻り鳴くなる高槻の緑葉すでに黄ばみ初めゐる

三百年経る松勢ひま緑の針の葉美《くは》し赤彦が庭

秋草の咲くこれの庭あなたには黄の蝶こなた
にはまだらの蝶とぶ

華甲むかふる

わがいのち華甲をむかへ万年筆夫の賜へり大切にせむ

華の字は六つの十と一ゆなり甲は歳とぞ華甲の故は

小止みなく屋根を打つ雨ゆふ暮れて未だ聞こゆる秋深みかも

阿夫利嶺晩秋

小暗きに見給ふ眼《まなこ》厳しかり大山寺の不動明王

山深く啼くは何鳥彼のあたり三光鳥の声を聴きしか

盛り上がり咲く厚物の菊の香の仄かなるかなみ社の庭

小春日のうらうらと差すみ山より見さくる町のま白く霞む

落ちゆける川の音《と》たかし腰おとし男坂をし降《お》りつつぞ聞く

阿《あ》夫《ふ》利《り》嶺《ね》は紫色にけぶりをり寒き夜雨の上がりたる朝

柚子漬と搗きたて餅

柚子珠実ほそほそ切りて砂糖ふるのみの逸品
ふるさとの味

薫り良き柚子の砂糖漬け帰省せる吾子の朝夕
箸つけてをり

餅搗機に搗く餅《もちひ》なれど糯米の蒸し上がる香の
こよなかりけれ

大根のおろしに食ぶる辛味餅夫の好めり今も
昔も

円らなる丹波黒豆たつぷりの汁に煮てをり大
つごもりに

利尻の島に

平成十四年

一筋の利尻の道は早ばやと雪掻きされゐて車行き交ふ

もとほれる町に積む雪減りにつつ溝を流るる水音速し

藍深き海に立つ波野に積める雪よりも尚ま白なりけり

方便《たづき》なく利尻の島に籠りゐて日暮れ明るし弥生尽なる

吉野山追想

花末だの奥より下り吉野山咲くさくら見て散
るに会ひしか

杉山の大山桜

杉生ふる山に四百年生き継げる大山桜をおとなひ行けり

四百年余りを生き継ぎし桜なれ繁《しじ》に枝伸びなべて花付く

樹海にて

初秋のひかり樹海にしんと差し水楢の葉の緑
透きゐる

四十雀啼きゐる声のちさくして樹海の中に密
やかなりき

蝙蝠穴氷穴風穴溶岩の樹海の洞穴一様ならず
かつて来し時に変らず絶え間なく霧湧き出づる富士の五合目

佐渡へ

くの字にし細き身曲げて手捌きの嫋やかなりきおけさ踊りは

面輪だち笠に隠すが床しくて見てを飽かずき佐渡のおけさは

大海をめぐらす佐渡や崖下《まま》の波の白さの眼に
は沁みつも

歌碑のもと花を象るいくひらの花弁は淡き鴇
色の石

師の歌碑のめぐりに遊べ雀子よ安寿の母の魂
籠るべし

雪の貝掛温泉

平成十五年

何もなき処と応へし此処な宿軒に氷柱の大小ならぶ

ゆるやかに時をし刻みをるらむか落ちては結ぶ氷柱の玉は

苧麻《からむし》を績《う》み織り雪に幾たびも晒して成ると越
後上布は

右手《めて》高く立ち開《はだ》かれる山に積む雪よく光《て》るは
雪深き故か

流れゆく雲の間にふと覗く浅葱色美《くは》し山峡の
空

東寺のみ仏

紅深くふふむ蕾の桜なれ咲き撓《をを》る花ま白なるとぞ

ひとつのみ咲きたる枝垂れの桜花小《ち》さきが白し夕べ寒けく

み仏の手に顔《かんばせ》に夕つ日の差せる光は金色にして

夕日差すみ堂の内の明るさよ御仏はみな生《しやう》ある如し

空海の遺し給ひしみ仏とぞ春の夕日のはんなり包む

千あまり二百の歳月ここ東寺に守られ来たる
み仏にして

京都賀茂川

山山をめぐらす京は地の底ひ美《うま》しき水を多《さは》に
湛ふと

賀茂川の流れ速きに逆らひて泳ぐ鴨らは胸を張りゐる

貴船なる水司る高《たか》龗《おかみ》わがふるさとの山にも坐す

川ふたつ相あふ処下鴨の糺《ただす》の森ぞ訪ひし日遥か

山鉾を曳けるか黒き車の輪まなさき塞ぐ大いさにあり

夕さりの流れに浮きつつ軽鴨のひと列《つら》なりのよぎりてゆけり

梅雨空の少し明りてゆくりなく比叡の山見ゆ薄水色に

一乗寺さがり松三十三間堂武蔵ゆかりの地を
行く楽しさ

山深き宇治のみ寺に咲く蓮の紅きに白き淡紅
ありけり

『大塚布見子選集』十三巻御上梓を祝ぐ

真なる歌への思ひ一筋に成り給ひけむ師の十
三巻は

富士が嶺の御歌朗朗とうたはれて師を言祝《ことほ》げ
る席華やげり

一弦の琴にかたらるる山かげの桜ひと木の花
盛り浮かぶ

日向薬師

ほの暗き日向薬師の参道の一処明るし冬の木
洩れ日

礼《ゐや》なせば「お幸せに」と言の葉を給ひし僧か
読経の声す

黄に照れる公孫樹の木下に腰おろし独り静け
く憩ふ人あり

黄の薄く透きて華やぐ黄葉《もみぢ》葉《ば》に手触るればあ
はれたはやすく散る

青澄める小春の空を如何な風いま吹きゐるや
白き雲ゆく
帰るさを
橙黄色未だ残れる西空にはやもきらめく宵の
明星

帰るさの西には夕星《づつ》ひんがしに小望の月の黄には昇り来

帰るさを菜の花色の小望月弾むがにあり里山の上

いづくゆも仰ぎて変らぬ山影の阿夫利の嶺は見守り呉るるとも

里山の辺《ほとり》もとほり阿夫利嶺を見放くるが夫と
の散歩の習ひ

弥生の月光

平成十六年

弥《いや》生《おひ》の月光忘られじ義兄上の通夜にみ葬りに
澄みすみて光《て》るを
弥生の望の月かく明るきをあはれ義兄上のみ
葬りに知る

庭の牡丹

さ庭辺の華やかなるも十余り五つの牡丹の咲き継げる日は

夕されば暑さに萎えゐし牡丹《ぼうたん》の花ひら直ぐに還るが嬉し

夕風の心地よくして揺らぎあふ牡丹の花はささやくがにも

さねさし相模三の宮の祭礼にもとめし牡丹よ十年を経りぬ

文月難波にて

わが里の蟬聞かず来て子の町にしやわしやわ
しやわと鳴く声を聞く

仰ぎ見る最上階が職場とふ吾子禍事に遭ふな
かれゆめ

並みたてるビル分け一筋淀川の流れいゆくは
雄雄しかるとも

並みたてるビルの遠くに大阪城緑青色の甍紛れず

夕つ日の入るは未だし淀川の水の反せる光はつよし

子の婚

純白のドレス纏へる花嫁に睦まじく寄る花婿
吾子は

散華たまふ時しも花嫁花婿に細き時雨のほろ
ほろと降る

すくよかに笑みを零せる花嫁と花婿吾子に幸
ひ多かれ

ウェディングケーキの甘さ仄かにて軽やかなるを愛でつつ含む

吾子呉れし花の花びら枕にし入れむと秋の日に乾せるかな

義兄上逝き給ふ

中学生にわれのならむとする春に義兄上里に
婿入りされき

義兄上と里に暮らししは十年程生涯厚き慈愛
給ひき

連れ立ちて夫と見舞へば義兄上のほつと手を
上げ笑まひ給へり

義兄上の終の見舞ひに触れにける指《おゆび》の白く透ける儚さ

祈りの章

古都早春

近江より奈良へ

平成十七年

色白の紫式部の人形の筆もち在せり石山寺に

石山に十五夜の月見給ひて書かれ初めしと須磨の巻より

東大寺二月堂さし歩み行く弥生十一日彼《か》は誰《た》れ時を

御松明《たいまつ》翳し回廊駆けませる一人《いちにん》の僧たまゆら見けり

蔵王堂の天井高く三体の蔵王権現みそなはします

み吉野の山駆けかつ伏し蔵王権現感得せしと
ふ役行者《えんのぎやうじや》は

降り初めし頃を下り来てかへりみる吉野の山
は白々とあり

吾を待てる吾子のすぐさま目に入りぬ浪速の
町のここは郊外

頂きへ

朝霧のかかりて阿夫利嶺見えざれどいざ頂を
目差し登らな

下社より奥社へ向かふ登拝門潜りて石段一歩
を踏み締む

二十八町あるとふ道の三丁目月日星聞き胸弾むなり

山道に佳き香りして佇めばしろしろ小《ち》さき花の降り来る

石段の多《さは》なる山道若者は長き脛にて駆け登り行く

広重の浮世絵に描きし来迎谷霧の埋めて富士
は見えざり

頂きゆ見放くる野はも雲の間《あひ》日に照り映えて
幻の如

頂きのそよ吹く風を愛《いと》しむや飛び飛ぶ秋津遠
くは行かず

須磨にて

敦盛の駿馬に駆けて行きにしか其の名の赤き
橋を渡れり

波音に混じりて馬の嘶きの聞こえ来るとぞ如
月七日

須磨の海見ゆる砂丘の松林ひねもすのたりの
たりの碑建つ

虚子に子規須磨詠みし句の寄り添ひて共にあ
りけりこの碑《いしぶみ》に

国道を隔つ瀬戸の海寄《み》せ来ては返す波あり敦
盛塚に

武士《もののふ》の参勤交代の道すがら敦盛塚に手向くる
習ひと

松の木はなくて重衡とらはれの松の木跡に小
さき祠

菊の花彫らるる箱に納まれる青葉の笛を正目
には見し

オアフ島

鰯雲入道雲見え南《みんなみ》のオアフ島の空澄みて青しも

ほろほろと穏しき声にい啼く鳥合歓の花咲く梢に木下に

海底《わた》を見むと出で来し海原に藍の色濃く透ける波見つ

滑るかにバスの走れる島の道事有らば即ち軍《いくさ》の道とぞ

雪

平成十八年

なにげなく眼《まなこ》に留めし一つ二つ降り来るは白き雪片にして

早々と雨戸鎖したり夕べ手の指《おゆび》俄かに冷えまさり来て

たまかの雪の外《と》の面《も》に響く声かの家の男《を》の
児か春立てる夜

ゆくりなくさ庭しろしろ積む雪に吉《よ》事《ごと》あれな
と祈れり吾れは

富貴寺阿弥陀堂

水平に鳥の翼を広げたる如きか富貴寺阿弥陀
堂の屋根は
阿弥陀堂の如来は遠く平安の榧一木《いちぼく》に成りま
せるとふ

三千仏描かるるとふ御堂内《ぬち》壁画は只ただ色褪せてあり

色褪するながらに描かれしみ仏の御身は仕草のなほ嫋やけし

漆箔ほとほと落ちて蓮華座の阿弥陀如来は伏し目に在す

函館　小樽　札幌

弥生坂行けば啄木教師せし小学校あり函館の町

人力車いかがと声を掛けくるは若き男《を》の子よ小樽運河辺

春楡の青葉の蔭に時計台それとしも見ゆ札幌の町

春楡の青葉つぎつぎ揺れ揺れて夕風立てり札幌の町

雉子

春女苑咲ける荒田に見え隠れ胸ふくらなる
雉子《きぎす》歩める

草むらに聡くも直ぐに歩み止む雉子の頭《かしら》風吹
けば見ゆ

いつしらに家毀たれし屋敷跡けふは雉子の啄むが見ゆ

萩咲けば辺りほろほろ飛ぶ小《ち》さき黄蝶幾つや今年も逢へり

恐竜展へ

高き高き上枝の葉をし食まむとて恐竜は次第
に首伸びしらし

寄り来たる敵一撃に払ひしか恐竜の尾のこれ
また長き

動く物すばやく捕へむといつしらに二本の脚に立ちし恐竜

俯瞰なし容易く獲物探さむと翼を持てり恐竜宙に

恐竜の眠るを待ちて動き初めし鼠程とふ人の祖先は

長月子規庵

誰ぞゐて子規子が奥に語る声聞こゆるやうな
玄関二畳間

廂には思はぬ糸瓜の大き実の三つ四つうらう
ら垂りてをりけり

廂なる糸瓜の葉の色柔らかく病間に差せる木洩れ日は尚

句会歌会なしましゝとふ八畳間病間に続き長月を涼し

八雲立つ

見霽かす出雲平野の明るさよ刈田果てなく海に向きゐて

素戔嗚尊《すさのをのみこと》の箸を拾ひしとふ斐伊《ひい》川の水はも透きて底見ゆ

海の幸川の幸ともに豊かとふ宍道《しんぢ》の湖に注ぐ
斐伊川

出雲大社の杜かも見えて目《ま》のあたり黒松垣な
す大き家並

八雲立つ出雲八重垣さながらに出雲はいづこ
も黒松の垣

鰹木に千木の聳ゆるみ社を幾歩下がりて仰ぎ
たりしか

ふたつ峰

秋うらら野に小《を》筑波の二つ峰《を》の縹色して空に
紛れず

見放くれば雲の間《あはひ》に凝《こご》るとも見ゆるは富士の
雪嶺ならむ

蟇《がま》石に出船入船筑波嶺に連なる岩の名皆確か
なり

往き還り嬥歌《かがひ》の女《め》男《を》ら潜りけむ筑波岨《そば》道の胎
内岩はも

日の入りて見放くる野末明るきを筑波の嶺は
黒黒とせり

竿燈

平成十九年

一竿に四十と六つの提灯の付くるを平手に差し上げ始む

差す者の持ち堪《こら》へむか竿燈は差し手仲間の常に見守る

両の足構へて腰に竿燈を乗すれば自づと両手は宙に

二百余り三十本とふ竿燈に埋《う》もるる秋田の大通りかも

ねぶた祭り

真暗なる海の彼方ゆ聞こえくるらつせーらつせーねぶたの囃子は

海の面に落す火影の長くなりねぶた次第に近付きて来る

一ふりの剣《つるぎ》を凜と翳せるは日本武尊《やまとたけるのみこと》の人形

大いなる武者人形の乗る屋台前屈みに引く男《を》
の子幾たり

しまらくを真暗の海に遠見えしねぶたの小《ち》さ
き灯何時しら消えぬ

空ま青なり　サキクサ創刊三十周年

淡緑の封書に印せる八咫《やた》がらす奇《くす》しき烏にしまらく見入る

サキクサの創られし頃の歌を引き淀みはあらず始めの言葉

休刊のひと度もなく添削に選歌編集に勤《いそ》しみし師は

平成二十年

漆黒のみ仏

吹き抜けの天井高きホールにし日光月光菩薩
おはせり
金色《こんじき》のみ仏なりしが火災にし遭はれて漆黒に
なり給ひしと

金色の失はれしが漆黒のみ仏まこと慈顔におはす

漆黒の菩薩は細きみ腰をばそと捻られて嫋やかにおはす

有間皇子を写しましし とふみ仏の背筋ま直ぐに立ち給ふなり

凜凜しかる皇子なればこそ謀叛とふ罪負はれ
しか千年まり昔に

謀叛とふ罪にい逝くを思はれて詠まれしみ歌
に胸つまりくる

木豇豆咲きゐて

天平の鴟尾《しび》を仕舞へる蔵の前木《き》豇《さ》豆《さげ》の花咲き溢れゐき

唐招提寺

淡き黄に紫の斑《ふ》を散らす花唇形花冠の木豇豆なりき

初に見る木豇豆の樹は太き幹L字にくねり花咲き溢る

ほの暗きみ堂におはす鑑真の座像はあたかも
生き給ふ如

梅雨に濡るる木木の青葉のいや青し弥勒まし
ます広隆寺の庭

垂《しだ》れ梅垂れ桜のしだり枝を滑りて走る梅雨の
雨はも

楠大樹生ひ立つ森の道行きてちさき円描く木洩れ日を踏む
春日大社

み社へ参るさ帰るさ良く匂ふ樟大樹なり新葉盛りゐて

復元のされたる小さき古墳《つか》のめぐりベンチの並びてゐたり
藤ノ木古墳

透かし彫り金具の下に玉虫のま緑の翅敷かる
る御厨子
法隆寺

谷底の飢ゑたる虎に現し身を与ふるが描かる
玉虫の厨子

野の遠《をち》に山の如かる杜見えて塔《あららぎ》そびゆる斑
鳩の里

サモア島

柵結はぬサモアの島の家庭《いへには》をひた駆くる仔豚のあな速きもよ

『宝島』の作者住みにし山の上の館に颯颯《さつさつ》と吹く風のあり

フィジー島

雲間より差す夕つ日に煌めける降る霧雨の小《ち》さき粒粒

幾時をかくあるらむか彼方なる夕空深き赤紫色

えごの白花

平成二十一年

えごの木を木下に見上ぐればしろしろと含《ふふ》む
蕾の列なりて垂る

朝ぼらけえごの木蔭の小暗くてほろり零るる
花の真白し

朝ぼらけえごの咲く下に立つ斯く匂ふとは知
らざりにしか

ほととぎす啼く

明け早き水無月ついたち里山ゆはつかに聞こ
え来ほととぎすの声

降り初めてされど明るき水無月の空渡りくる
ほととぎすの声

早早と雨上がりたり三津五郎大山参道お練り
の今日を

青葉濃き櫟大木にほととぎす響動もし啼く声
限りも知らに

狂ほしきまでに啼きゐるほととぎす頭上渡れる時も声あぐ

ほととぎすの夜の遠音に出でみれば二十日余りの月輝けり

命二つを

つつしみて石段のぼれば社殿まへ幹ま直ぐなる梛《なぎ》のひともと

安産の符にと削られ細ります向拝柱《ごはいばしら》は針金を巻く

銀《しろがね》も金《くがね》も玉も何せむにの憶良の歌貼らる社殿の戸には

安産の真赤き守り袋には梛の葉ひとひら入《はひ》る
と神主

いとけなき二つの命身籠れる嫁とし思へば涙
ぐましも

本門寺に詣づ

総門を潜りて仰ぐ石段の整然として清清しきも

仁王門高きに見えて小春日のうらうら注ぐ石段を踏む

ゆくりなく黒き小《さ》枝にほつほつと会《ゑ》式《しき》桜の咲くに遇ひけり

みどりご二人

時雨降る十二月三日女子《をみなご》と男《を》の子のみどりご
二人生まれたり

家持のいや重《し》け吉《よ》事の歌思ふ車窓に広ごる雪
真白にて

すくよかに深く眠れるみどり児よ穏しき日日
をと祖母われ祈らゆ

深深と眠りながらにみどり児は賜物の如き笑
みを洩らせり

腕《かひな》あげ伸びせる女《をみな》のみどりごは花の如かる
指《おゆび》開きて

青海広ごる

平成二十二年

線路沿ひ見えつ隠れつ流れゆく四十八瀬川を
われは見飽かず

腰を掛け眼《まなこ》あぐれば窓のそとただ青海の淼《べう》淼《べう》
として

樹齢凡そ二千年とふ楠《くす》の木の伊豆来《きの》宮《みや》の杜に生ふると

樹樹繁り昼を小暗き境内に入ればさやさや流れの音する

楠の木のかく育ちしは遠からず近からずして水流るる故と

行くさには光りて霞みゐし相模湾帰るさ著く
波立ちてあり

天の橋立

全長は三・六粁とふ松林天橋立船より見つつ

幾年月かけて造られし砂州《さす》ならむ何時しか松の並木をなして

八千の黒松左右に生ひ立てる木下に一筋道はありしか

ゆきゆきて汲みてもみたし橋立の松の下なるその磯清水

小春日を天へうらうら昇りゆく竜を見むとて
股のぞきしつ

伊邪那岐命の寝《ぬ》る間に倒れしとふ天の梯子の
謂れ楽しも

山の樹樹こんもり後ろに繁りゐて伊根の舟屋
の浮けるがに並む

地震ありて

平成二十三年

覚えなき揺れに怖《お》づ怖《お》づ外見れば電線上下に
震ひに震ふ

地震ゆゑに点らぬ儘の此の夕べオリオン星座
冴え冴えとあり

屋根を呑む津波の尚も盛り上がり溯りゆくを幾度映す

会釈して券を出だして食料に替ふる時頭《づ》を下ぐ被災の人ら

平穏

雨の音と夫の寝息を聞きゐたりこの平穏の長きを願ひて

対生の葉を持つ小草の器《うつは》為し溜れる露の零るともなし

暑き日の夕片まけて水撒きを始めし夫か口笛聞こゆ

排水路の格子の枡を覗きゐる一歳六か月の男
孫の写真

小春日鎌倉

龍口寺に詣で来つれば三十年まり前に尋め来
し遠き日かへる

龍口寺の裏山の細き細き道幼めきつつゆきゆきにしか

腰越状今に伝ふる満福寺わたつみ見放くる小高きにあり

海近く走る車窓に帆を上ぐる数多ヨットの集へるが見ゆ

まな下に由比ヶ浜広ごる高台のみ寺に凪げる
海を見にけり
長谷寺

小春日を参りし鎌倉の大仏の背には真青の空
の広ごる

金色におはしし名残りか大仏のお顔の涙の痕《あと》
のごときは

芸術花火

平成二十四年

プログラムの先づ始めには動物の音馴らし花火といふがありけり

音馴らし花火といふは雀に鶏一羽一羽を夜空に描く

プログラムのスターマインとふを調ぶれば速
射連発花火の意とぞ

開幕のスターマインに取り取りの花に溢るる
花園浮かび来

漆黒の春の夜空に二つの輪の繋がる花火の打
ち上げられぬ

リング花火

月しろのあらぬ今宵は仰ぎ見る花火の彩へ鮮やかにして

初に見るメロディー花火はありがたうの詞《ことば》と曲の空に響かふ

失火ゆゑ江戸を追はれし花火師の玉屋の興亡読めば泣かゆも

子らを訪ふ

目に沁むる欅青葉の並木路を通りて訪へり子らの住む家

夫となり父となりたる子の転勤に遠くつき来し嫁と幼は

本箱を開けては絵本抱へ来る女孫とソファー
に肩並めて読む

何処にか置き忘れしと思ひゐしハンカチーフ
を男の孫渡しくるる

携帯のメール開けばとんとんとんとん孫らの身を
振り歌ふ声する

坂東太郎と

バス停に近き草むら紫の一入に濃き燕子花《かきつばた》咲く

坂の上に立ちて見放くれば脈脈と山里を川の流れゆく見ゆ

山陰の坂道ゆけばアカシアの花の白白降るに
遇ひたり

水底の透きゐてさらさら流るるは片品川とぞ
老神の里

橋の名は牧水橋とぞ老神に詠まれし歌を案内
書に知る

橋ひとつ渡れば逢ふ人稀となる吹割の滝に沿へる山道

片品川の削りしものとぞ大岩の割れたる様の吹割の滝

跳ぬるがに勢ひ河床を走る水割れたる岩に飛び込みてゆく

源流は遠く尾瀬とぞ片品川吹割の滝経て坂東
太郎へと

合歓咲きて

朝まだき野に佇めば青田中さはさは音して風
立ち初むる

青田辺の少し高きに咲く合歓の花訪ひゆかな
小流れに沿ひ

遠きよりきのふ眺めし合歓木に逢はなと知ら
ぬ田中道ゆく

きのふ見し合歓に逢はむといゆく道勾配きつ
く曲がりに曲がる

坂みちに佇み目前《まさか》に見たりけり合歓の糸花鴇色に咲く

鴇色のねぶりの花の木の片方白白と咲く合歓のありけり

夏の日の昇り初《そ》むる頃遠からぬ阿夫利の頂きむらさき帯ぶる

合歓の花いつしら散りて細き道遠《をち》より此方《こち》よりかなかなの声

明け方を

繊《ほそ》月の右上ななめ直線に並びて煌めく金星木星

槻の木の木下のベンチに仰ぎゐき輝き止まざる明けの金星

木立中かなかなかなと鳴き出づる声の涼しさ朝のまだきに

寝《い》ねんとて二階に上がりし夫すぐに降り来て告ぐる月の宜しと

水湧く池

水い湧く園には富士の噴火にて流れ来しとふ
溶岩そここここ

小浜池の思はぬ大いさ溶岩になる池七つ集ま
ると言ふ

そのかみの思ほゆるかな池の辺の松の樹下の
大灯籠に

いづこより来たりしものか鴨数羽およぐ傍へ
に白鳥ひとつ

水浅く細き流れに憧れの梅花藻咲きをり秋日
を受けて

多賀城址にて

多賀城址いゆけば遥遥みやこより赴任して来し家持思ほゆ

家持の多賀城赴任の年齢を調ぶれば六十余り四歳

赴任して三年客死の家持のここ多賀城に奥津城はなき

家持の望郷の歌に二十《はたち》より家離れにし吾子し思ほゆ

幅広く高低差少なき階段を多賀城碑へとゆっくり歩む

あやめ草足にと刻む芭蕉句碑壺の碑《いしぶみ》に近く
建ちあり

松島

目の前に見ゆると思ふ松島の朝のまだきをし
ろしろ煙る

二百余り六十あるとふ松の島去年の津波を和らげしと聞く

丘陵の地滑りに依り生れしとぞ松島湾のあまたの島は

縄文の貝塚ありて松島の浜は昔より人住みし浜

里浜貝塚

瑞巌寺の奥の院とふ雄島はも墨絵の如く海に浮かべる

そのままに日本画なりと言はしめし雨の松島テレビに見入る

松島にアインシュタインの見し月かビデオに再び吾は見入れる

若き日に夫と来りし五大堂しばし車窓に眺め
つつ過ぐ

白梅

平成二十五年

二ん月の半ばを庭の白梅の幾輪夜目にほころびてあり

去年の日記ひらけば庭の白梅の啓蟄に漸う一輪と記す

雨水《うすい》けふあち向きこち向き綻びし庭の白梅の
花を数ふる

三分咲きの白梅を見る夕つ方何がな春めく十
三夜の月

白加賀の花の香受けけんと出でみれば青きシリ
ウスいや煌めける

桜咲きて

この朝ほころび初めし桜花夕片まけて三分咲きとなる

俄なるきのふとけふの温とさに桜はつぎつぎ綻ぶらしき

このあした咲き初めし桜の花花にながながと
差す春の夕つ日

咲き匂ふ山のさくらを昨日けふ朝な夕なに眺
めて暮らす

まなさきの桜を眺むる折折にさ庭飛び立つ雀
子幾羽

咲きてより空たな曇りけふまたも冷ゆれば桜は咲きの長しも

ひとひらの花片さへも零れざる夕桜の下に冷え冷えと佇つ

夜の更けて望の月見れば淡あはし暈《かさ》のかかりて花の如かる

花咲ける桜ひと木のその向かう十六夜の月の
昇るを待てり

梨の花

梨の花しろしろ畑に光《て》りながら阿夫利の山は
雨雲被ふ

惜別

夕さりを長く啼きゐる雀子どち晴るるを嬉しむのだらうと夫は
ふんはりと花を閉ざせる二輪草夜明けの前の庭にしろしろ

脚力の萎えたる夫の声細く吾を呼ぶなりお母さんと呼ぶ

氈鹿《かもしか》の如しと誇りゐし夫の脛骨の尖りて刃物のやうなる

もはや水飲めずなれりと夫は言ひ両手を胸に合はすなりけり

飲み込むに力なき夫にジェラートの自づと舌
に解けゆく嬉し

ベッドより幼き孫を見る夫の慈顔と言はむ顔
を忘れず

夫の背に寄りてい泣けば夫の言ふしつかり生
きろよ亦逢はむとぞ

ゆっくりと若き看護師剃りくれていとほしきかな夫の顔《かほばせ》

お早うと声を掛くれば病院のベッドに夫の大きく頷く

言の葉の叶はぬか夫は吾が右手思はぬ強き力に握れり

藍の色未だ変らず吾が縫ひし浴衣は今も夫に
似合へる

初めてにこれの浴衣に袖通ししかの夏の夜の
夫を忘れず

事切れし吾夫の顔の生けるがに見ゆれば白き
布を掛けえず

生くるがに見ゆる吾夫の顔かくも冷たきか思はず触れて堪へゐき

生くるがに見ゆる吾夫の傍らに健やけき日の如く寝ぬるも

わが縫ひし浴衣に一夜をありし夫明けてしろたへの装束纏ふ

盆会

里山の公園高きに向き合へる阿夫利の嶺を夫は好みき

待ちがてにほととぎすききし里山に年年夫と松虫聞きき

ゆくりなく日月星と啼く声に息を潜めき里山に夫と

公園に花火を見つつ弁当を頬張りし去年の春の夜の夫

道を変へゆきにし里山の細き道花咲き満つる合歓に遇ひたり

公園の高きに行く道萩の花咲きて黄い蝶舞ひ
立つ頃か

提灯の灯ともし頃かと仰ぎ見る空にしろしろ
上弦の月

送り盆終へて眺むる庭の萩一枝はつかにくれ
なゐふふむ

朝の気の冷え冷えとして青澄める空一面に鰯
雲浮く

美ヶ原王ヶ頭にて

百獣の王なる獅子の頭《づ》に似るところの台地を
王ヶ頭とぞ

ホテルなる硝子戸越しの草原に夢とも大き虹の立ちたり

草原に立つ虹ふとも消えかかり再び三度彩へ深むる

視界三百六十度なる草原の九月夜空にまたたく星座

高原のホテルに覚むれば東《ひむがし》の空に黄金《くがね》に輝く繊月

岩場なる王ヶ鼻にし立ち並ぶ石仏なべて御岳《おんたけ》を向く

平成二十六年

い鳴く鳥

朝まだき屋根の上にし鳴き初めて雀子けふも
一頻り鳴く

植ゑ替へてより咲かざりし牡丹《ぼうたん》の此の春三つ
の蕾を持ちぬ

晴れわたる日差しあまねきみ墓辺に咲く蒲公
英の黄色際立つ

野の果てに白しろ見ゆる細き富士夫の魂かと
眼《まなこ》凝らしき

墓参りなして帰りし夕つ方吾家《わぎへ》のめぐりにい
鳴く鳥何

歌集『阿夫利の麓に』四九〇首　完

あとがき

何時の頃からか歌集を出そうと思ってはおりましたが、躊躇もありました。しかし平成二十五年六月に夫を癌で亡くした後、日日の記録のように詠んで参りました短歌が夫との思い出であることに気づき、残したいと思うようになりました。

読み返してみますと、一首一首に情景ばかりかその時の心情までも甦って来て、改めて短歌の魅力に気付かされたことでした。

まだまだ未熟な歌ばかりですが、大塚主宰は上梓をお許し下さり、お目通し下さいました。その上、『阿夫利の麓に』と言う素晴しい集名をお考え下さり、慈しみこもる御序文を賜わりました。誠に有難くお礼の言葉もありません。

又、サキクサの方々、支部の方々の皆様にはあたたかい御言葉やお励まし、かつ御協力を賜わり心より御礼申し上げます。

そしてもう何年も前になりますが、今は亡き夫に、歌集を出したいと何気なく漏らしましたところ、躊躇なく賛成してくれました事が思い出されます。感謝を込めてこの歌集『阿夫利の麓に』を捧げたいと思います。

末筆になりましたが、出版に際して現代短歌社社長の道具武志様、今泉洋子様はじめ社中の方々に大変お世話になりました。厚く御礼申し上げます。

平成二十八年　盆に入る日に

小島きみ子

サキクサ叢書第124篇

歌集 阿夫利の麓に

平成28年10月27日　発行

著　者　小島きみ子

〒259-1141 神奈川県伊勢原市上粕屋294-7

発行人　道具武志

印　刷　㈱キャップス

発行所　**現代短歌社**

〒113-0033 東京都文京区本郷1-35-26
振替口座　00160-5-290969
電　　話　03（5804）7100

定価2500円（本体2315円＋税）
ISBN978-4-86534-191-1 C0092 ¥2315E